Los mariachis

Rita Rosa Ruesga
Ilustrado por Euliser Polanco

SCHOLASTIC INC.

A todos los niños que estudian música. - R.R.R.

A ti, para que sigas amando la pintura,
la música y la literatura. - E.P.

Los mariachis

Los mariachis han llegado,
la serenata va a empezar.
Contratados por el novio
se disponen a cantar.

Se asoman al balcón
la niña, la mamá y la abuela.
La abuela quiere dormir
y les tira una cazuela.

Eran **diez** los mariachis.
Ahora solo quedan **nueve**.
Ay, caramba, ¿qué pasó?
¡La guitarra se rompió!

Con sus trajes relucientes
y sus sombreros alones,
van a alegrar una boda
con rancheras y canciones.

El trompeta resfriado
estornuda en el pastel.
La novia le dice al novio:
"¡Ya no se puede comer!"

Eran **nueve** los mariachis.

Ahora solo quedan **ocho**.

Ay, caramba, ¿qué pasó?

¡El trompeta se enfermó!

Los mariachis de la banda
ahora tienen otro encargo.
Van a animar la fiesta
de un niño en su cumpleaños.

Un invitado aporrea
con un palo la piñata.
De un golpe la manda lejos
y la viola desbarata.

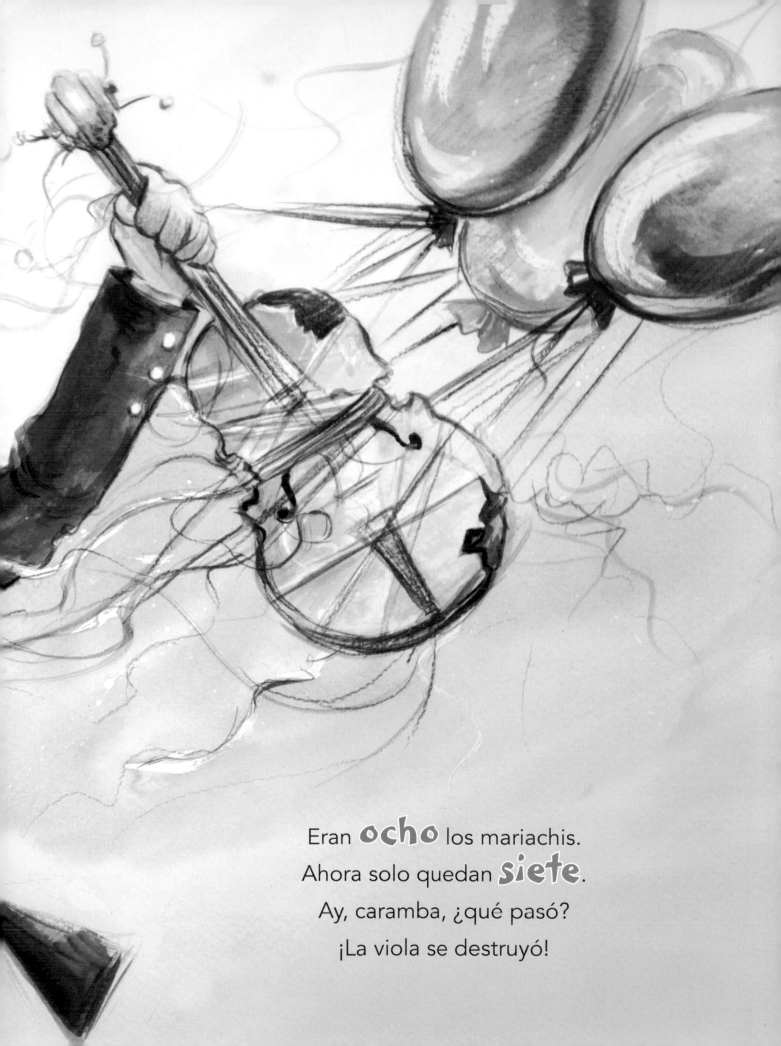

Eran **ocho** los mariachis.
Ahora solo quedan **siete**.
Ay, caramba, ¿qué pasó?
¡La viola se destruyó!

Después van a un balneario
a animar unas bodas de oro.
Es una fiesta muy alegre.
Todo el mundo canta el coro.

Pero a la hora de brindar,
un corcho por el aire zumba.
Vuela directo hacia el arpa
y por desgracia la tumba.

Eran **siete** los mariachis.

Ahora solo quedan **seis**.

Ay, caramba, ¿qué pasó?

¡El arpa se desafinó!

En el camino los mariachis
se encontraron con un circo,
y se atrevieron a hacer
un acto de equilibrismo.

Vaya necio que salió
el que la vihuela tocaba.
Se subió en la cuerda floja
sin ver por donde pisaba.

Eran **seis** los mariachis.
Ahora solo quedan **cinco**.
Ay, caramba, ¿qué pasó?
¡La vihuela se quebró!

Los mariachis van a ver
si ya abrieron el mercado.
Quieren algo de comer
pues no han desayunado.

El mariachi más hambriento
se come veinte tortillas.
Y poco después se queja,
¡tiene dolor de barriga!

Eran **cinco** los mariachis.

Ahora solo quedan **cuatro**.

Ay, caramba, ¿qué pasó?

¡El guitarrón se indigestó!

Un amigo los contrata
para la televisión,
y van los cuatro mariachis
a tocar una canción.

Cuando llegan al estudio
un mariachi recuerda
que en la última fiesta
su violín perdió una cuerda.

Eran **cuatro** los mariachis.
Ahora solo quedan **tres**.
Ay, caramba, ¿qué pasó?
¡El violín se fastidió!

Los tres mariachis que quedan
se presentan en la plaza.
Cantan un par de rancheras
y después se van a casa.

Al otro día uno de ellos
se percata con tristeza
que en la plaza su guitarra
ha dejado con torpeza.

Eran **tres** los mariachis.
Ahora solo quedan **dos**.
Ay, caramba, ¿qué pasó?
¡La otra guitarra se perdió!

Van para una parranda
los dos mariachis restantes,
y una lluvia repentina
los empapa en un instante.

Un mariachi le dice al otro,
viendo arruinado su atuendo:
"Así no canto rancheras,
este traje luce horrendo".

Eran **dos** los mariachis.
Ahora solo queda **uno**.
Ay, caramba, ¿qué pasó?
¡solo el cantante quedó!

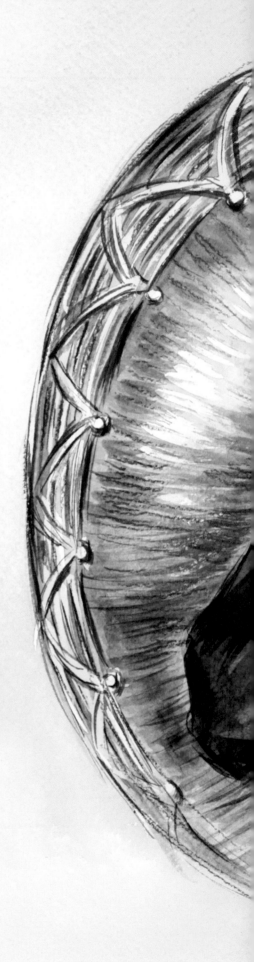

Sobre la autora y el ilustrador

Rita Rosa Ruesga nació en Cuba y se graduó de Dirección Coral en la Escuela Nacional de Arte de la Habana. Rita Rosa creó Musikartis, un programa bilingüe para enseñar música, y trabaja como productora musical y maestra de canto. Ha sido nominada para los premios Latin Grammy en varias oportunidades.

Euliser Polanco nació en Las Tunas, Cuba, y se graduó de la Escuela Nacional de Arte de la Habana. Vive en España, donde dirige su propia academia de arte para niños y adultos. Su obra artística incluye pintura, video y fotografía digital.